Analyse de l'œuvre

Par Nathalie Roland
et Margot Dimitrov-Durand

Effroyables jardins

de Michel Quint

lePetitLittéraire.fr

Analyse de l'œuvre

Par Nathalie Roland
et Margot Dimitrov-Durand

Effroyables jardins

de Michel Quint

Rendez-vous sur lepetitlitteraire.fr et découvrez :

Plus de 1200 analyses
Claires et synthétiques
Téléchargeables en 30 secondes
À imprimer chez soi

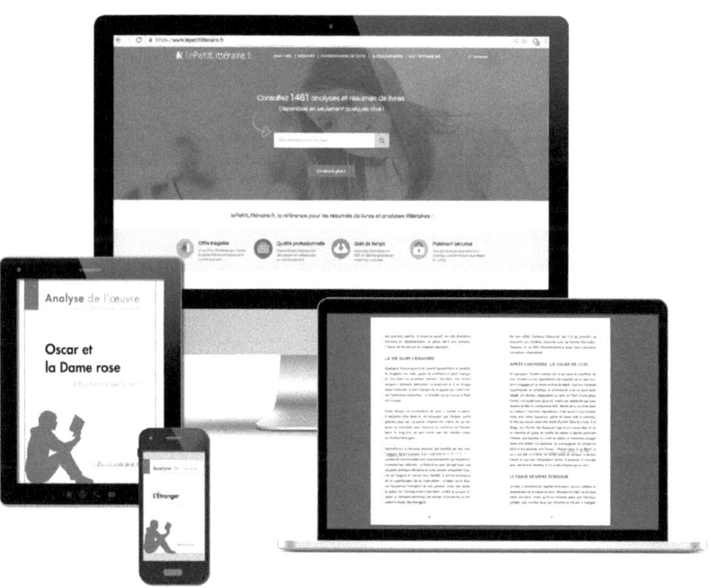

MICHEL QUINT

ROMANCIER, NOUVELLISTE ET DRAMATURGE FRANÇAIS

- **Né en 1949 à Leforest (France)**
- **Quelques-unes de ses œuvres :**
  - *Billard à l'étage* (1989), roman
  - *Une ombre, sans doute* (2008), roman
  - *Les Amants de Francfort* (2011), roman

Auteur français né en 1949, Michel Quint a étudié les lettres classiques et le théâtre, puis est devenu professeur. Simultanément, il s'est lancé dans l'écriture de pièces de théâtre et de feuilletons radio, avant de rédiger des romans noirs et des nouvelles policières, notamment *Billard à l'étage*, *Sanctus* (1990), *Le Bélier noir* (1991) *Cake-Walk* (1993), *La Belle Ombre* (1995) ou encore *Lundi perdu* (1997). Par la suite, il a écrit des romans : *L'Espoir d'aimer en chemin* (2006), *Corps de ballet* (2006) et *Sur les pas de Jacques Brel* (2008).

EFFROYABLES JARDINS

LA SECONDE GUERRE MONDIALE
À L'ORIGINE D'UNE VOCATION DE CLOWN

- **Genre :** nouvelle
- **Édition de référence :** *Effroyables jardins*, Paris, Pocket, coll. « Pocket Jeunesse », 2003, 139 p.
- **1ʳᵉ édition :** 2000
- **Thématiques :** Seconde Guerre mondiale, mémoire, résistance, survie, secret, clown

Effroyables jardins est un court récit qui se concentre sur un jeune garçon honteux des clowneries de son père et qui apprend, au fil de l'histoire, un secret familial datant de la Seconde Guerre mondiale (1939-1945) et expliquant l'attitude de son paternel.

Le titre de l'œuvre fait référence au poème « Les Grenadines repentantes » du recueil *Calligrammes* (1918) de Guillaume Apollinaire (écrivain et poète français, 1880-1918). Véritable succès, *Effroyables jardins* a été traduit en 25 langues et adapté au cinéma ainsi qu'au théâtre, offrant l'occasion à Michel Quint de se faire connaitre d'un large public. En 2002, l'auteur propose un second volet, *Aimer à peine*, dans lequel il raconte la difficulté pour le narrateur, qui découvre l'amour, d'être confronté à un des officiers qui a arrêté son père.

RÉSUMÉ

La nouvelle s'ouvre et se termine sur l'évocation de la présence d'un clown lors du procès de Maurice Papon (homme politique et haut fonctionnaire français qui a collaboré à la déportation des juifs pendant la Seconde Guerre mondiale, 1910-2007). En effet, le narrateur déteste depuis toujours les clowns à cause de son père, André, qui se costume régulièrement de la sorte. Le narrateur lui en veut énormément de jouer ce rôle. Avant chaque représentation, après le coup de fil lui annonçant le lieu où il doit se rendre, le père hésite à endosser son rôle de clown, mais sa famille, excepté son fils, l'encourage toujours. Ce dernier est révolté contre les siens : « Moi, leurs manières à tous m'emmerdaient. » (p. 17) Lorsqu'il apprend que son père va recevoir la Légion d'honneur, il ne le comprend pas, mais le récit que lui fait son oncle Gaston change profondément sa manière de penser.

Après être allé voir en famille *Le Pont*, un film de Bernhard Wicki (réalisateur autrichien, 1919-2000), l'oncle Gaston raconte au narrateur des évènements qui se sont déroulés fin 1942 et début 1943. À cette époque, la France était sous le régime de Vichy (1940-1945) et collaborait avec les Allemands : Gaston rappelle les mesures prises à l'encontre des juifs pour les empêcher d'accéder à un travail, d'exercer le métier de comédien ou pour les priver de nationalité. Pendant la guerre, André et Gaston ont commis des actes de résistance isolés : « La résistance, on s'y est mis, les autres je sais pas en tout cas, ton père et moi, pour rigoler, pas s'emmerder, en tous cas au début... comme si on serait allés au bal... » (p. 24)

Un jour, les deux frères décident de faire sauter un transformateur à Douai (Hauts-de-France). Bien qu'ils pensent ne pas avoir été repérés, ils sont arrêtés le lendemain. Des années plus tard, ils apprennent qu'ils avaient été désignés comme otages par des gendarmes français tout simplement parce qu'ils avaient battu, lors d'un match de football amateur, l'équipe que les policiers supportaient. Menacés d'une arme, ils sont terrorisés et sont loin de se sentir des héros. Ils sont battus, puis baladés dans le village avant d'être emmenés comme otages avec deux autres prisonniers Henri Jedreczak et Émile Bailleul. Dans le trou où ils sont logés, on leur annonce que si les coupables de l'attaque contre le transformateur ne se dénoncent pas, ils seront tous exécutés dans un délai de trois jours. Dès lors, la situation se complique : « On pouvait pas espérer que quelqu'un se dénonce vu que les coupables c'étaient nous deux. » (p. 28) Lorsqu'un groupe d'officiers allemands débarque, tous les otages pensent mourir : finalement, ils apprennent que si personne ne se dénonce avant la tombée de la nuit, seul l'un d'eux sera exécuté.

Dans le trou, la pression monte : chacun veut que quelqu'un s'accuse du sabotage pour sauver les autres. Gaston et André veulent choisir l'un des deux à la courte paille, mais Émile refuse. Peu de temps après, un gardien vient les surveiller, mais ce dernier leur fait des grimaces, ce que Gaston qualifie d'« indigne et [d']insupportable » (p. 35). Puis le soldat commence à jouer avec de la nourriture. Dans un premier temps, les otages enragent, puis ils éclatent de rire : « Jamais on a pleuré avec autant de plaisir », explique Gaston (p. 36). Le militaire leur donne alors des tartines et va leur chercher un petit-déjeuner. Au petit matin, il se présente : il s'appelle Bernd.

Bernd leur explique qu'ils ne peuvent accepter l'ultimatum de leur bourreau : « L'idéal est de l'obliger à vous fusiller tous ou aucun... Si vous lui offrez une victime expiatoire, vous collaborez, vous le justifiez, sa proposition de choix inhumain devient raisonnable, presque charitable. » (p. 45)

À la fin de la journée, les soldats reviennent et creusent un trou : les otages sont alors convaincus qu'ils vont être enterrés vivants. Ils sont finalement libérés. Dans le camion qui les transporte, ils apprennent que Bernd est un clown et qu'un coupable s'est dénoncé et a été fusillé à leur place. Ils apprennent plus tard que l'homme qui a été fusillé, l'employé du transformateur, a demandé à sa femme de le dénoncer pour faire acte de résistance, sauvant ainsi les complices car il savait qu'il allait succomber à ses blessures. En effet, l'homme avait été grièvement blessé lors de l'explosion du transformateur. Après cette révélation, les otages sont déportés près de Cologne. Mais Gaston et André s'évadent et poursuivent la résistance.

À la fin de la guerre, Gaston et André rendent visite à la veuve de l'employé du transformateur, Nicole, dont Gaston tombe amoureux : peu de temps après, ils se marient. Le narrateur apprend ensuite par Gaston que le réalisateur du film qu'ils viennent d'aller voir n'est autre que le clown-soldat.

Après le décès de son père, le narrateur reprend son rôle de clown et se rend ainsi costumé au procès de Maurice Papon en 1997 : « Je tâcherai d'être toi qui n'as jamais perdu la mémoire », dit-il en évoquant son père (p. 58).

ÉTUDE DES PERSONNAGES

LE NARRATEUR

Détestant depuis toujours les clowns, le narrateur vit très mal le fait que son père, André, profite de la moindre occasion pour endosser ce costume. Il lui en veut de gâcher leur vie de famille par cette manie et aurait préféré avoir un père « normal » (p. 14). Il éprouve un très fort sentiment de honte (« des hontes de paria », p. 8) et ne comprend pas que sa mère ne réagisse pas. Très critique envers sa famille, il change cependant d'avis lorsque son oncle lui raconte sa jeunesse de résistant avec son père : « Gaston m'avait délivré de la malédiction de l'auguste. » (p. 20) Le narrateur alterne le récit de ses impressions et jugements d'adolescents avec ses réflexions d'adulte (p. 17-18). À la fin, il choisit d'endosser le rôle de son père pour lui rendre hommage.

SON PÈRE

André, instituteur, exerce sans rémunération ses talents de clown. Populaire et aimé de ses collègues et élèves, il est pourtant, selon son fils, « le plus triste des clowns tristes » (p. 13). En tant que résistant durant la Seconde Guerre mondiale, il a fait sauter un transformateur avec son frère Gaston avant d'être tous deux arrêtés et retenus en tant qu'otages. Depuis, André se sert de l'humour pour résister (p. 38). C'est un homme courageux. En guise de remerciement pour ses actions, il reçoit la Légion d'honneur.

SA MÈRE

La mère de Lucien est un personnage discret. Elle ne semble pas apprécier, d'après son fils, les frasques de son mari. Pourtant, elle le soutient et lui est entièrement dévouée parce qu'elle connait toute son histoire.

SON ONCLE GASTON

Gaston est défini par le narrateur comme « un bon à rien » (p. 16). Il est marié à Nicole. Ils n'ont aucune honte à afficher leur amour, mais ne veulent pas d'enfants. Les époux essaient de se montrer gentils envers le narrateur, mais celui-ci n'accepte rien venant d'eux.

Gaston, qui s'exprime en patois, est chargé de faire le récit de son passé de résistant au narrateur, ce qu'il vit comme une véritable mission (p. 22).

NICOLE

Nicole est l'épouse de Gaston. Elle l'aime profondément. Cette femme « potelée » (p. 16) semble être un personnage secondaire. Ce n'est qu'à la fin du récit que le lecteur comprend qu'elle a joué un rôle important dans la survie d'André et de Gaston : c'est l'ex-femme du gardien, qui a dénoncé son époux, employé à la compagnie d'électricité, pour sauver Gaston, André et les deux autres otages innocents.

BERND/BERNHARD WICKI

Bernd est le garde des otages. Il est défini comme « simplet » et « niais » (p. 35). Il tente de trouver de la nourriture pour les otages et les fait rire en faisant des idioties : il jongle notamment avec les aliments. Il est en fait clown dans le civil. Mal à l'aise dans son rôle de méchant (p. 46), il ne veut visiblement pas prendre part à la guerre. Par la suite, il deviendra réalisateur de films.

FRANÇOISE

Françoise est un personnage secondaire. Elle est la sœur du narrateur qui ne l'apprécie pas trop : il la trouve « conne » (p. 17) et maniérée. Par la suite, elle devient enseignante en Normandie. Elle représente en quelque sorte la gardienne de la mémoire de la famille car elle a conservé tous les souvenirs et toutes les photographies de ses parents, ainsi que celles de son oncle et de sa tante (p. 19).

LES AUTRES OTAGES

Henri Jedreczak et Émile Bailleul ont été capturés par les Allemands en même temps que Gaston et André. Tous les quatre jouaient ensemble au football au moment de leur détention.

Marié, Émile est quelqu'un de nerveux : il se suicide à cause du départ de sa femme après la Libération.

Henri, d'origine polonaise, est lui aussi marié. Il a compris que Gaston et André étaient impliqués dans le sabotage. Très croyant, il repart dans son pays à sa libération.

CLÉS DE LECTURE

LE CONTEXTE HISTORIQUE DU RÉCIT DE GASTON

La France battue et occupée

Après avoir été battue par l'armée allemande, la France signe l'arrêt des hostilités : c'est l'armistice du 22 juin 1940, conclu par le maréchal Pétain (homme d'État français, 1856-1951). Le pays est alors coupé en deux par une ligne de démarcation : 60 %de son territoire sont occupés par les troupes allemandes tandis que le Centre et le Sud-Est constituent ce qu'on appelle la zone libre.

Le régime de Vichy

Aussitôt, le maréchal Pétain instaure un gouvernement à Vichy : ce dernier lui donne les pleins pouvoirs, mettant ainsi fin à la République. Le régime mis en place est autoritaire et réactionnaire : le chef du Gouvernement a le pouvoir de nommer et de révoquer tous ceux qui travaillent pour lui, et les valeurs anciennes telles que le travail, la famille et la patrie sont remises à l'honneur. Une politique discriminatoire est également instaurée : tous ceux qui pourraient nuire à ce régime et à ses valeurs sont chassés (par exemple, les communistes, les francs-maçons, les juifs étrangers, etc.).

Dès la fin de l'année 1940, le maréchal Pétain se montre désireux d'améliorer les relations entre la France et l'Allemagne en proposant une collaboration administrative. Par la suite, cette association devient de plus en plus importante : il ne s'agit plus seulement de mettre l'administration au service de l'occupant, mais d'adhérer à l'idéologie nazie. Une milice française est alors organisée : elle se charge d'arrêter les juifs qui sont ensuite déportés vers des camps de concentration ou d'extermination. Ainsi, certains hauts fonctionnaires, comme Maurice Papon, se montrent très favorables aux idées nazies et actifs dans l'application des nouvelles règles.

Le Gouvernement met en avant les valeurs patriotiques et nationalistes. À cette époque, la population française est composée de 5 % d'étrangers. Face à ces derniers, le régime prend des mesures dès son instauration : à la remise en question de leur naturalisation succède leur exclusion de la fonction publique pour aboutir, enfin, à la déchéance de la nationalité pour tout Français quittant le territoire sans autorisation. Mais le Gouvernement de Vichy se focalise surtout sur les juifs. Dès 1940, ces derniers deviennent des citoyens de seconde zone : ils ne peuvent plus être élus, perdent leur nationalité française et sont exclus de nombreuses professions. Par la suite, ils se voient interdire l'exercice des métiers artistiques, doivent porter une étoile jaune et sont déportés dans des camps avec l'aide des autorités françaises.

La Résistance

Juste après la défaite française, la Résistance réalise surtout des actes isolés. Exilé à Londres, le général de Gaulle (homme d'État français, 1890-1970) lance des appels aux armes sur les ondes de la BBC. En France, des réseaux se mettent en place pour aider les Français à gagner Londres, commettre des sabotages, infiltrer l'administration, former une force armée dans le maquis, etc. En 1942, Jean Moulin (homme politique et résistant français, 1899-1943) regagne la France pour unifier les mouvements de résistance et crée, en 1943, le Conseil national de la Résistance. Ses membres sont désormais armés. Mais les Allemands, aidés des milices, répliquent en pourchassant les opposants qui sont torturés, tués ou déportés, ou en prenant en otage des innocents qu'ils exécutent pour l'exemple (dans le roman, c'est partiellement le cas pour André, Gaston, Henri et Émile). Certains membres de l'administration se lancent aussi dans la résistance dite passive, en montrant une certaine mauvaise volonté à appliquer les directives.

LE THÈME DE LA MÉMOIRE

La mémoire sert de fil conducteur à cet ouvrage. En effet, dès la dédicace, il y est fait allusion : le narrateur parle de celle de son grand-père, de celle de son père et de celle de Bernhard Wicki. La première page du récit évoque ensuite le lien entre l'espoir, la vérité et la mémoire : « Sans vérité, comment peut-il y avoir de l'espoir ? ... Et sans mémoire ? » (p. 7-8) Enfin, le livre se termine sur un hommage du narrateur à son père, qui n'a jamais oublié le passé : « Je tâcherai aussi d'être toi qui n'a jamais perdu la mémoire. » (p. 58)

Michel Quint aborde ainsi deux types de mémoire dans son livre :

- la mémoire familiale avec le récit de Gaston (p. 22-54) ;
- la mémoire collective avec le procès de Maurice Papon (p. 7 et 56-57), les lois de Vichy (p. 8), la Seconde Guerre

mondiale, etc.

Finalement, l'auteur parvient à lier mémoire et identité : ce n'est que quand il a entendu toute l'histoire que le narrateur peut pleinement prendre conscience de la vraie identité de son père et qu'il choisit à son tour de l'endosser (p. 57-58).

UNE HISTOIRE FAMILIALE BOULEVERSÉE

La nouvelle *Effroyables jardins* s'ouvre avec le procès Papon :

> « Certains témoins mentionnent qu'aux derniers jours du procès Papon, la police a empêché un clown, un auguste, [...], de s'introduire dans la salle d'audience du palais de justice de Bordeaux. » (p. 7)

Ce procès a été un évènement médiatique retentissant, compte tenu des dix-sept années de bataille juridique qui ont conduit à sa tenue en 1997. L'enjeu est de déterminer la responsabilité de l'ancien secrétaire de la préfecture de Bordeaux dans la déportation de familles juives en 1942. Au terme de l'affaire, Papon est finalement condamné pour complicité de crimes contre l'humanité. Après le procès de Klaus Barbie (officier nazi de nationalité allemande, 1913-1991) à Lyon en 1987, il s'agit d'un moment fort pour le peuple français qui est ainsi confronté à son passé collaborationniste sous le régime de Vichy.

C'est par le biais de cette affaire que le narrateur trouve un moyen de faire son deuil : ses parents ainsi que Gaston et Nicole ne sont plus là pour assister au procès. Le petit garçon, désormais adulte, les représente dès lors symboliquement. Endosser le costume de clown durant l'audience lui permet de rendre hommage aux siens et de se réconcilier avec son histoire.

Devenu adulte, il revient, de manière rétrospective, sur les sentiments qu'il éprouvait alors. La relation qu'entretenait le narrateur avec son père fut loin d'être simple. En effet, le fait que son père s'engage à faire le clown après la guerre le dérange fortement : « Et moi, j'avais honte de lui, je le reniais, l'ignorais. » (p. 11) Il ressent de l'agressivité et surtout de l'incompréhension face à l'engagement de son père de se déguiser en clown lors des manifestations publiques de leur région. Il comprend finalement, à travers le comportement de ses parents et du couple formé par Nicole et Gaston quand ils se retrouvent tous les dimanches, que certains éléments du passé lui échappent.. Le secret et les non-dits créent une distance entre le père et le fils.

LE REJET DU PÈRE

Les quinze premières pages de la nouvelle montrent, à travers le langage relâché et ordurier du narrateur, le profond rejet qu'il ressent pour son père. Tout change quand il apprend que derrière un clown risible ou un couple de cousins trop démonstratifs entre eux, se cachaient des résistants, des héros ordinaires. Ainsi, la révélation de ce secret libère le narrateur de son agressivité qui ressent alors beaucoup de tendresse pour les siens : « Il a commencé son petit conte tout benoit, mon Gaston. » (p. 23)

Les années cinquante marquent la reconstruction matérielle et morale du territoire français. Le narrateur est un babyboumeur (le babyboum désigne la brusque augmentation du taux de natalité entre 1946 et 1964). Il n'a pas connu les privations alimentaires de la guerre, ni les couvre-feux qui empêchaient les citoyens de se divertir pour oublier leur quotidien. Il ne peut donc comprendre la manie qu'a son père de se déguiser en clown lors des manifestations festives. Ce dernier ne lui a jamais fait de confidences sur ses années de guerre. Dès lors, le narrateur ne peut pas comprendre que, pour son père, faire le pitre est une revanche sur la mort, sur la guerre : la dérision est pour lui une arme contre la peur et l'oppression du passé. Il est en effet particulièrement complexe d'expliquer à son fils que l'on s'est retrouvé dans la Résistance presque par hasard, et qu'une opération de sabotage mal organisée a causé de graves brulures à un homme innocent. La sortie familiale au cinéma pour assister au film du réalisateur allemand Bernhard Wicki était l'occasion rêvée de révéler ce secret au jeune garçon qui n'aimait pas les clowns : « Un tel cérémonial, j'ai compris qu'il en avait gros à me dire et que c'était préparé, ordonné. Le Gaston était en service commandé. » (p. 22)

LE TRAVAIL DE DEUIL DU NARRATEUR

L'extrait qui s'étend de la page 23 à la page 54 est le récit fait par Gaston à la suite de la séance de cinéma à laquelle assiste la famille. Gaston effectue un retour durant les années de guerre (1942-1943) et raconte au narrateur l'histoire de son père. Cette forme de narration, à rebours, a été volontairement choisie par Michel Quint. Cela permet, d'une part, aux souvenirs familiaux de remonter peu à peu à la surface et, d'autre part, au narrateur de modifier sa perception du passé familial. Ce roman retrace le cheminement accompli entre son point de vue d'enfant rancunier, aux jugements catégoriques, et sa maturité d'adulte :

> « C'est maintenant que je les sais admirables, Gaston et Nicole, que je devine ce qu'il leur a fallu serrer les poings pour survivre, et que je me foutrais des baffes de les avoir méprisés [...]. » (p. 18)

L'utilisation de ce procédé narratif montre le travail psychanalytique fait par le narrateur : « Bien sûr les manuels de psychanalyse vulgarisée ne sont pas faits pour les chiens et j'ai depuis longtemps identifié les causes d'une telle névrose. » (p. 9)

Le processus de réconciliation vis-à-vis de son histoire est un travail de longue haleine pour le narrateur et trouve son point d'orgue avec le procès Papon. Même si la relation avec son père, désormais disparu, a été difficile, son acte de résistance et les valeurs qui s'y rattachent ont été mises en valeur par son fils lors de ce procès :

> « [...] il est de mon devoir de t'y représenter papa, ainsi que Gaston, Nicole, Berndt et les autres, ces ombres douloureuses, d'où qu'elles soient, parce que cet homme-là, qui tente de faire de son procès une mascarade, qui joue les pitoyables pitres, aucun des ennemis d'alors ne fut pire et beaucoup d'entre eux l'auraient haï de trahir toute dignité. » (p. 57)

La narration à rebours est un procédé que l'on retrouve dans plusieurs romans qui évoquent l'éclatement d'une famille durant la Seconde Guerre mondiale. Georges Perec

(écrivain français, 1936-1982) a par exemple écrit en 1975
W ou le souvenir d'enfance, un travail d'introspection dans
lequel la mémoire est recomposée, trente ans après la fin
de la guerre. *Effroyables jardins* suit un schéma semblable :
le récit fait par Gaston recompose la mémoire du narrateur
et révèle la fierté qu'il ressent pour son père. La honte qu'il a
éprouvé appartient désormais au passé.

UN PERSONNAGE-CLÉ : LE CLOWN

Tout au long du récit, le statut de clown a une valeur diffé-
rente selon le personnage qui en porte le costume :

- pour le soldat allemand, le costume de clown, outre le
  fait qu'il s'agit de son métier dans la vie civile, est surtout une façon de résister à ses supérieurs. Il symbolise
  le désordre et le déséquilibre et entraine le rire, une
  faculté particulière aux humains. Le rire, comme le
  disait Rabelais (auteur français, 1494-1553) est en effet le
  propre de l'homme. Si on partage cette pensée, le fait de
  rire devient en soi un moyen de rappeler son humanité à
  ceux qui souhaitent la détruire ;
- pour André, faire le clown revient avant tout à rendre
  hommage à Bernd et à son acte de résistance ;
- pour le narrateur, avant le récit de son oncle, le clown est
  surtout synonyme de honte. Mais, après le récit, il devient le symbole de la résistance de son père, mais aussi
  du souvenir du soldat allemand qui a aidé son père et son
  oncle. Lorsqu'il se rend au procès de Maurice Papon vêtu
  de cette manière, il veut à son tour rendre hommage à la
  résistance de son père et symboliser l'humanité face à ce

criminel qu'il qualifie de « pitre » parce qu'il « tente de faire de son procès une mascarade » (p. 57).

La figure du clown évolue donc tout au long du récit : il est d'abord le symbole, pour André, de la résistance, puis tour à tour, celui de la honte, de la mémoire et enfin, celui du souvenir et de l'humanité pour le narrateur.

CARACTÉRISTIQUES NARRATIVES ET GÉNÉRIQUES

Le texte présente des caractéristiques narratives particulières. Tout d'abord, comme il y a plusieurs récits enchâssés, on trouve plusieurs narrateurs :

- dans un premier temps, la narration se fait en « je ». Le lecteur suit uniquement les impressions du narrateur pendant la première moitié du texte et après le récit de Gaston ;
- dans un second temps, la narration bascule vers le récit de Gaston. Le narrateur s'efface alors complètement : il est spectateur au même titre que le lecteur et est entrainé dans un récit qui suit le rythme de vie des otages et qui oscille constamment entre peur et soulagement.

La structure narrative est ensuite qualifiée par Michel Quint de « narration à rebours ». En effet, le récit ne suit pas l'ordre chronologique, mais s'organise comme suit :

- évocation du procès de Maurice Papon (1997-1998) ;
- récit d'enfance du narrateur (années cinquante-soixante) ;
- confession de Gaston (1942-1943, jusqu'à la fin de la

guerre) ;
- retour au procès de Maurice Papon (1997-1998).

Cet agencement donne l'impression d'un cycle puisque le récit s'ouvre et se ferme sur le même évènement. De plus, une fois arrivé au bout de la nouvelle, il semble au lecteur qu'il pourrait la relire depuis le début avec le nouvel éclairage qu'apporte la fin.

De plus, dans les impressions du narrateur, deux époques se chevauchent, qui sont parfois confrontées l'une à l'autre (p. 18-20) :

- avant le récit de Gaston, c'est le temps de l'enfance pour le narrateur, marquée par la colère, la honte et le reniement du père ;
- après le récit de Gaston, le narrateur entre dans une phase de transition, marquée par la compréhension, les regrets et la reconnaissance, ainsi que par l'hommage au père.

Quant au genre de ce texte, il est difficile à définir. On peut néanmoins envisager deux pistes :

- la nouvelle présente un mélange entre fiction et réalité (le réalisateur Bernhard Wicki est un personnage réel de même que les évènements historiques évoqués), ce qui pourrait l'apparenter à une nouvelle historique ;
- certains spécialistes la comparent à un apologue (court récit en prose ou en vers représentant de manière imagée un enseignement souvent moral). Les protagonistes de la nouvelle sont en quelque sorte idéalisés, et le lecteur tire

comme leçon qu'il faut refuser le manichéisme et qu'il ne faut pas oublier les évènements du passé.

EFFROYABLES JARDINS, PORTRAIT DE LA RÉSISTANCE ORDINAIRE

Effroyables jardins est devenu un outil pédagogique, un document d'histoire pour expliquer les notions de citoyenneté, d'engagement politique et de devoir de mémoire dans les classes de collège et de lycée. Michel Quint, qui s'est basé sur certains éléments biographiques pour rédiger cette nouvelle, a choisi de prendre des personnages ordinaires afin d'offrir une image de ce qu'a été la Résistance dans une petite ville de province.

Au même titre que la lettre du jeune résistant fusillé Guy Môquet (militant communiste, 1924-1941), cette nouvelle décrit avec justesse la crainte de mourir d'André et de Gaston. C'est la force émotionnelle de ce roman qui a touché près d'un million de lecteurs lors de sa parution en 2000.

PISTES DE RÉFLEXION

QUELQUES QUESTIONS POUR APPROFONDIR SA RÉFLEXION…

- Comment les relations familiales apparaissent-elles dans le roman de Michel Quint ?
- Dans cette nouvelle, Michel Quint s'intéresse entre autres au thème de la mémoire. Comment l'envisage-t-il ?
- Le clown occupe une place primordiale dans le récit. Quelle importance et quelle signification revêt-il pour chaque personnage ? Pour vous aider à répondre, relevez le vocabulaire utilisé par les différents personnages pour parler des clowns.
- Lorsque Gaston fait son récit, il parle en patois. À votre avis, pourquoi l'auteur a-t-il choisi d'utiliser ce parler régional ?
- Aux pages 45 et 46, Bernd tient un discours sur le prix de la vie et la collaboration. Comment qualifieriez-vous ce discours ? Le personnage prend-il une autre dimension à la suite de celui-ci ?
- Quelle image Gaston donne-t-il de la Résistance au cours de son récit ? Celle-ci correspond-elle à l'image que vous en avez ?
- Qu'est-ce qu'un résistant selon vous ? Comment peut-on définir un héros ordinaire ? Le récit se termine par cette phrase : « Je ferai le clown de mon mieux. Et peut-être ainsi je parviendrai à faire l'homme, au nom de tous. Sans blâââgue ! » (p. 58) Expliquez-la.
- La dénonciation intervient à plusieurs reprises dans le texte. Quelle image l'auteur en donne-t-il ? À votre avis,

est-elle positive ou négative ?

- *Effroyables jardins* invite le lecteur à s'interroger sur la mémoire et les attitudes adoptées pendant la guerre. En vous aidant d'autres documents (films, livres ou sources historiques), essayez de reconstituer les positions de chacun. Que pensez-vous des choix faits par Gaston et André, Bernd ou Nicole et son mari ?
- Commentez et expliquez le contexte de cette citation : « Parce que Vichy a eu lieu, parce que les parenthèses n'existent pas dans l'Histoire, que l'humanité profonde, la dignité, la conformité au bien moral échappent au droit, à la légalité ! » (p. 57)

Votre avis nous intéresse !
Laissez un commentaire sur le site de votre librairie en ligne
et partagez vos coups de cœur sur les réseaux sociaux !

POUR ALLER PLUS LOIN

ÉDITION DE RÉFÉRENCE

- QUINT M., *Effroyables jardins*, Paris, Pocket, coll. « Pocket Jeunesse », 2003.

ADAPTATION

- *Effroyables jardins*, film de Jean Becker, avec Jacques Villeret, André Dussollier, Thierry Lhermitte et Benoît Magimel, France, 2003.

Il s'agit d'une adaptation très libre de l'histoire : les personnages ne portent pas les mêmes noms, n'ont plus exactement les mêmes fonctions ni les mêmes relations (par exemple, la femme qui dénonce son mari ne devient pas l'épouse de l'oncle du narrateur), le contexte et le contenu du récit fait par l'oncle sont différents (absence de la séance de cinéma et mort de Bernd), le point de vue des Allemands intervient davantage (le réalisateur montre à plusieurs reprises la Kommandantur), les impressions du narrateur ne sont plus au centre de la narration. En revanche, à plusieurs reprises, le personnage joué par André Dussollier cite presque mot à mot le texte de Michel Quint.

Retrouvez notre offre complète sur lePetitLittéraire.fr

- des fiches de lectures
- des commentaires littéraires
- des questionnaires de lecture
- des résumés

ANOUILH
- Antigone

AUSTEN
- Orgueil et Préjugés

BALZAC
- Eugénie Grandet
- Le Père Goriot
- Illusions perdues

BARJAVEL
- La Nuit des temps

BEAUMARCHAIS
- Le Mariage de Figaro

BECKETT
- En attendant Godot

BRETON
- Nadja

CAMUS
- La Peste
- Les Justes
- L'Étranger

CARRÈRE
- Limonov

CÉLINE
- Voyage au bout de la nuit

CERVANTÈS
- Don Quichotte de la Manche

CHATEAUBRIAND
- Mémoires d'outre-tombe

CHODERLOS DE LACLOS
- Les Liaisons dangereuses

CHRÉTIEN DE TROYES
- Yvain ou le Chevalier au lion

CHRISTIE
- Dix Petits Nègres

CLAUDEL
- La Petite Fille de Monsieur Linh
- Le Rapport de Brodeck

COELHO
- L'Alchimiste

CONAN DOYLE
- Le Chien des Baskerville

DAI SIJIE
- Balzac et la Petite Tailleuse chinoise

DE GAULLE
- Mémoires de guerre III. Le Salut. 1944-1946

DE VIGAN
- No et moi

DICKER
- La Vérité sur l'affaire Harry Quebert

DIDEROT
- Supplément au Voyage de Bougainville

DUMAS
- Les Trois
  Mousquetaires

ÉNARD
- Parlez-leur
  de batailles,
  de rois et
  d'éléphants

FERRARI
- Le Sermon sur la
  chute de Rome

FLAUBERT
- Madame Bovary

FRANK
- Journal
  d'Anne Frank

FRED VARGAS
- Pars vite et
  reviens tard

GARY
- La Vie devant soi

GAUDÉ
- La Mort du
  roi Tsongor
- Le Soleil des
  Scorta

GAUTIER
- La Morte
  amoureuse
- Le Capitaine
  Fracasse

GAVALDA
- 35 kilos d'espoir

GIDE
- Les
  Faux-Monnayeurs

GIONO
- Le Grand
  Troupeau
- Le Hussard
  sur le toit

GIRAUDOUX
- La guerre de
  Troie
  n'aura pas lieu

GOLDING
- Sa Majesté des
  Mouches

GRIMBERT
- Un secret

HEMINGWAY
- Le Vieil Homme
  et la Mer

HESSEL
- Indignez-vous !

HOMÈRE
- L'Odyssée

HUGO
- Le Dernier Jour
  d'un condamné
- Les Misérables
- Notre-Dame
  de Paris

HUXLEY
- Le Meilleur
  des mondes

IONESCO
- Rhinocéros
- La Cantatrice
  chauve

JARY
- Ubu roi

JENNI
- L'Art français
  de la guerre

JOFFO
- Un sac de billes

KAFKA
- La Métamorphose

KEROUAC
- Sur la route

KESSEL
- Le Lion

LARSSON
- Millenium 1. Les
  hommes qui
  n'aimaient pas
  les femmes

LE CLÉZIO
- Mondo

LEVI
- Si c'est un
  homme

LEVY
- Et si c'était vrai…

MAALOUF
- Léon l'Africain

MALRAUX
- La Condition
  humaine

MARIVAUX
- La Double
  Inconstance
- Le Jeu de l'amour
  et du hasard

MARTINEZ
- Du domaine
  des murmures

MAUPASSANT
- Boule de suif
- Le Horla
- Une vie

MAURIAC
- Le Nœud
  de vipères

MAURIAC
- Le Sagouin

MÉRIMÉE
- Tamango
- Colomba

MERLE
- La mort est
  mon métier

MOLIÈRE
- Le Misanthrope
- L'Avare
- Le Bourgeois
  gentilhomme

MONTAIGNE
- Essais

MORPURGO
- Le Roi Arthur

MUSSET
- Lorenzaccio

MUSSO
- Que serais-je
  sans toi ?

NOTHOMB
- Stupeur et
  Tremblements

ORWELL
- La Ferme
  des animaux
- 1984

PAGNOL
- La Gloire de
  mon père

PANCOL
- Les Yeux jaunes
  des crocodiles

PASCAL
- Pensées

PENNAC
- Au bonheur
  des ogres

POE
- La Chute de la
  maison Usher

PROUST
- Du côté de
  chez Swann

QUENEAU
- Zazie dans
  le métro

QUIGNARD
- Tous les matins
  du monde

RABELAIS
- Gargantua

RACINE
- Andromaque
- Britannicus
- Phèdre

ROUSSEAU
- Confessions

ROSTAND
- Cyrano de
  Bergerac

ROWLING
- Harry Potter à
  l'école des sor-
  ciers

SAINT-EXUPÉRY
- Le Petit Prince
- Vol de nuit

SARTRE
- Huis clos
- La Nausée
- Les Mouches

SCHLINK
- Le Liseur

SCHMITT
- La Part de l'autre
- Oscar et la
  Dame rose

SEPULVEDA
- Le Vieux qui
  lisait des romans
  d'amour

SHAKESPEARE
- Roméo et Juliette

SIMENON
- Le Chien jaune

STEEMAN
- L'Assassin
  habite au 21

STEINBECK
- Des souris et
  des hommes

STENDHAL
- Le Rouge et
  le Noir

STEVENSON
- L'Île au trésor

SÜSKIND
- Le Parfum

TOLSTOÏ
- Anna Karénine

TOURNIER
- Vendredi ou
  la Vie sauvage

TOUSSAINT
- Fuir

UHLMAN
- L'Ami retrouvé

VERNE
- Le Tour
  du monde
  en 80 jours
- Vingt mille
  lieues sous
  les mers
- Voyage au
  centre de
  la terre

VIAN
- L'Écume des jours

VOLTAIRE
- Candide

WELLS
- La Guerre des
  mondes

YOURCENAR
- Mémoires
  d'Hadrien

ZOLA
- Au bonheur
  des dames
- L'Assommoir
- Germinal

ZWEIG
- Le Joueur
  d'échecs

www.lepetitlitteraire.fr

ISBN version numérique : 978-2-8062-9372-5
ISBN version papier : 978-2-8062-9373-2
Dépôt légal : D/2017/12603/65

Avec la collaboration de Margot Dimitrov-Durand pour les chapitres suivants : « Une histoire familiale bouleversée », « Le rejet du père », « Le travail de deuil du narrateur » et « *Effroyables jardins*, portrait de la résistance ordinaire ».

Conception numérique : Primento,
le partenaire numérique des éditeurs.

Ce titre a été réalisé avec le soutien de la Fédération Wallonie-Bruxelles, Service général des Lettres et du Livre.